El Puente

Translated to Spanish from the English version of

The Bridge

Kakoli Ghosh

Ukiyoto Publishing

Todos los derechos de publicación son propiedad de

Ukiyoto Publishing

Publicado en 2023

Derechos de autor del contenido © Kakoli Ghosh

ISBN 9789360165949

Reservados todos los derechos.
Queda prohibida la reproducción total o parcial de esta publicación, así como su transmisión o almacenamiento en un sistema de recuperación de datos, en cualquier forma y por cualquier medio, ya sea electrónico, mecánico, por fotocopia, grabación u otros métodos, sin la autorización previa del editor.

Se han hecho valer los derechos morales del autor.

Se trata de una obra de ficción. Los nombres, personajes, empresas, lugares, sucesos, locales e incidentes son producto de la imaginación del autor o se utilizan de forma ficticia. Cualquier parecido con personas reales, vivas o muertas, o con hechos reales es pura coincidencia.

Este libro se vende con la condición de que no sea prestado, revendido, alquilado o distribuido de cualquier otra forma, sin el consentimiento previo del editor, en cualquier forma de encuadernación o cubierta distinta de la que se publica.

www.ukiyoto.com

Contenido

El Puente	1
Sin Acabar	4
Araña	5
Necesidad Desnuda	7
Volver	9
On Y On	10
Una Sonrisa Lacrimógena	12
La Pura Verdad	15
Cara A Cara	16
Inseparable	17
Río Del Olvido	18
Stray Dios	20
Por Favor No Te Mueras Ahora	23
Línea De Control	24
Amor Ciego	26
Un Camino	28
Una Temporada De Cosecha	30
Bella Durmiente	32
Antigua Taberna	34
La Maldición	36
Pórtate Bien	38
Híbrido	40
La Luz Sobrevive Al Fuego	42

Simplemente Profundo	43
Miedo Mortal	44
Heridas Florecientes	46
Inscripción A Una Odisea	47
La Margen	49
El Último Aliento	51
Disabled	53
Sobre El Poeta	*56*

Prólogo

El Puente personifica el espacio visual, una conexión del alma con los antiguos cielos estrellados. Es un monólogo de una mente moderna aislada, arrastrándose a través de las apariciones de rostros enmascarados y fingimientos. El alma hecha jirones lucha por liberarse de las frustraciones, la hipocresía, la incapacidad y los delirios. El vacío espiritual de la religiosidad histérica pende como un grito lastimero sobre el río del olvido. El puente de oro allana el camino de ida hacia un lujo resplandeciente de libertad de todos los sufrimientos.

El Puente

El puente de la libertad
tan quieto sobre el río caudaloso,
tiendo a cruzar todos los días:
el olvido iluminado por la luna centellea,
recuerdos robados nublan por doquier
mi alma marchita, antigua y vieja
se extravía como un vagabundo perdido
en el puente flotante de oro.
Emperadores habían buscado en vano
cruzar el luminoso puente de la fama,
esculpido y esmaltado en oro,
un camino para grabar su poderoso nombre
que el tiempo puede llevar al cielo;
mi alma andrajosa, cansada y fría

encendió todas las hojas secas y viejas de la carga
por un poco de calor en el puente, viejo.
Libre de las cadenas del deseo
perdiendo breves chispas en el fuego dorado,

encontré el puente que me llevaba
a través de la brillante lluvia dorada
de la alegría pura del amor, sobre el río oscuro.
Deja que el momento dorado se consuma
por el resplandor del más allá para siempre,
como destellos que se desvanecen en el brillo.
Mi vida hueca pasa a través de ti
como las olas en la oscuridad, susurran
el secreto del matiz de la noche
ignorantes del tesoro enterrado del mar;
alientos sin vida encuentran razones de oro

en el paso de las estaciones, tu amor golpea mi vacío
con una fragancia vieja y conocida.
El dolor florece como las flores del manzano
iluminando las ramas desnudas de la pena;
los agudos sentimientos de angustia
que nunca se extinguirán,
esculpen el puente de la libertad,
como una tenue insinuación de luz
cincela un resplandeciente duendecillo
de todo lo que yace en el oscuro absurdo.

Sin Acabar

Cuando la búsqueda termina,
los sueños ya no se tocan,
la calle vacía y ansiosa
no resuenan los pies de vuelta a casa
en las suaves curvas y giros conocidos...
Cuando las palabras húmedas del anhelo
lloviznan por el polvoriento cristal de la ventana
con la repentina lluvia de la tarde
dejando atrás, un garabato áspero
como el de un poema inacabado...
Los sentidos somnolientos navegan
el delta de los nervios arrugados;
el mar del solaz imperturbado ondea

al ritmo de pitidos monitorizados, retorcidos jadeos por fin descansan en paz.

Las hojas amarillas llevan el aroma del tiempo; brillan las promesas rotas, los plazos olvidados, como tiras desgarradas de medicamentos. Las páginas hojeadas de las revistas revolotean en el aire fresco de la unidad de cuidados de urgencia.

Araña

Atrapada en su propia tela
la conmocionada araña
retorciéndose y contoneándose
en la pegajosa red de su propio deseo
se siente insegura y se vuelve loca.
Enredada como un gesto venenoso
sufre una muerte palpitante
que nunca expira;
los oscuros rincones enmohecidos
cobijan y suspenden su aliento frío.
La saliva tejida de su tensión
colgando en la malla humeante
del miedo y la protección

aprisiona su propio deleite.
Sus miembros inseguros se arrastran en la luz de hollín.
El barrido de la limpiadora
envuelve su basura extendida

de los rincones de la duda y la miseria;
las telarañas somnolientas se olvidan,
los ojos hundidos de la depravación duermen podridos.

Necesidad Desnuda

Esparce sonrisas y risas
simplemente como un cálido verano amarillo
que embalsaman cada sombra torcida
y llenen de color las flores huecas.
Arruga las conversaciones lavadas y planchadas
con algunas bonitas frases habituales,
como los suaves flecos lejanos
de una cariñosa arboleda
trazan el descarnado horizonte prudente
para adornarlo suavemente y definirlo.
Una madre cariñosa
protege y alaba
los torpes esfuerzos de su hijo medio
haciéndole sentir digno e inestimable.

Las sombras cariñosas del día
empapan las torpes sombras de la mañana
con los gorriones bañados en polvo,
para dar forma al crepúsculo que desaparece

para un mañana profundo.
Los dioses toman prestada la belleza del amor ciego.
El sueño es más antiguo que el universo,
donde los carriles de la bruma
y el sol se funden;
Orgulloso Ozymandias sonámbulo
para recoger los restos únicos
de su colosal naufragio,
su torso sin cabeza y su corona enterrada,
ruinas de su frío ceño burlón.
La sencillez trasciende la gloria
alejándose de la ilusión.

Volver

A través de la noche púrpura
respira nuestra medida y fría distancia,
encadenados en el lazo de la ignorancia.
Ramitas espinosas de sueño medicado
arde en la chimenea en crujiente chisporroteo,
ramas desnudas hacen muchos maderos.
Viejos recuerdos abrasan y encienden
en las lamedoras llamas de la prudencia,
la ceniza palpita en el fuego de la negligencia.
El sabor ahumado de la separación asada
mantiene la luna distante acogedora, cálida,
las cenizas del orgullo arden, se agitan y giran.

Nada permanece en una cáscara absoluta, la apatía y la indiferencia tan resuelta, abordando la soledad rígida, se diluirá.
A través del cerco espinoso, severo
enredaderas salvajes abrazan a su vez las estaciones,
las esperanzas polinizan la verdad, vuelven las mariposas.

On Y On

He invitado al sueño
a celebrar mi vigilia, profunda;
el sueño vino dormido con mi sueño
mi despertar se alejó
en una corriente vacía.
Reflejos de las lejanas luces de la ciudad
brillan en el río que fluye
de la noche ilusoria
como copos de esperanza brillan
en la oscura profundidad del espanto intenso.
El destello distorsionado
de las luces de un coche que pasa
sobre un charco de agua de lluvia,
en salpicaduras, se dispersa

bajo las ruedas veloces;
el pulso rítmico constante
de los impacientes limpiaparabrisas
dibujan imágenes centelleantes

de susurros brumosos y centelleantes
en el lienzo de los parabrisas.
Un anhelo hogareño, palpita cautivo
por un sueño apacible
en la oscuridad del lecho,
la luna derritiéndose lentamente sobre el sofá;
misteriosa soledad empapándose
en el ondear de cortinas familiares,
sentidos lisiados buscando otra vida.
Angustia del tiempo ansioso
derivan y flotan como cadáveres ignorados
por la seguridad del carillón celestial.

Una Sonrisa Lacrimógena

Ahora descanso en lo profundo de tu plácido sueño,
como una roca sumergida en un arroyo;
tu sueño fluido me empapa
por la costura porosa
de mi profundo despertar;
humedece y disuelve suavemente
mi prolongado endurecimiento.
de la carga de mi deseo
me liberas, me evolucionas,
esculpe mi alma envuelta en un atuendo de oro,
de una espléndida flor de fuego.
Como una llama libre del lazo del fuego,
me sumerjo en un vacío que respira
y en una chispa, desaparezco sinceramente.

Como una suave música suspirante duermo
en las cuerdas de tu lira silenciosa,
como una verdad, preciosa,
mis derrotas atesoras,

una verdad no dicha, evidente
que las mentiras audaces susurran suavemente
que ya no se carga de miedo.
Mi sombra que respira expira pronto
absorbiendo el sol y la luna
la fragancia verde del bosque
se disuelve en el profundo tufillo dibujado
de rígidos recuerdos y estados de ánimo pensativos;
el tráfico nocturno pasa a través de mí brillante,
se desvanecen los paseos nocturnos por la luz de la ciudad.

Como penas y dolores adornan la pena,
lamentos mudos no pueden llorar,
puedo ver mi oscuro sueño reparador
extendiéndose por tus túneles profundos
pasando de alguien a nadie
pertenezco absolutamente a tu todo
gotas de cielo en tu alma de lluvia.
Ya no burbujeo por mi destino
elaborando futuro, ya no me molesta,
desaparezco como un río que fluye
en la lejanía de tu mar sediento.

El deseo de unir perece
cuando el anhelo anhela demasiado

brasas quemadas duermen en frías cenizas, lazo de libertad, el calor abriga.

La Pura Verdad

Estoy desnuda, cara a cara
con mi amado, en su abrazo.
Mi llameante aliento aprisionado
quema el frío silencio de la muerte.
Mi amor me hizo elegible para el dolor,
el último aliento se arrastra por cada vena.
El alma de mi cadáver violado no expirará,
en sus espasmos respira la muerte.
Sin carga, libre de cenizas prometedoras
mi vida en la pira chispea en breves destellos.

Extasiado terror impregna la muerte, esqueletos de verdad desnuda brotan alientos.

Mi amada cubrirá mi cadáver, florecerán todos mis sentidos magullados.

Aquí florecerán mañanas inadvertidas, dioses embarazosos en silenciosa plegaria.

Nuevos golpes de mil brotes
saldarán viejas cuentas con dioses silenciosos.

Cara A Cara

Ordeno a mi alma cara a cara,
El éxito lucha contra el fracaso a paso firme.
Violando cadáveres despertaste a la muerte,
Para glorificar tu aliento de pólvora.
Éxtasis de tu fatuo fusil ansías,
Por el palpitar de corazones intrépidos, valientes.
Amanecer y anochecer ocurren en la ilusión,
La guerra y la paz engendran el delirio histérico.
Tus atrocidades y tu ceño dictatorial,
Se desprenden como un cordón umbilical, se arrugan de color marrón.

Como una mente demente te tambaleas, Vigilante reposo descansas, fatigado de poder.
Embriagado con la luz universal
emprendo mi desesperado vuelo ardiente.
Cadáveres de nuestros amigos y enemigos desnudos,
Respiran y germinan juntos.

Inseparable

La verdad me espera allí, lejos,
más allá de la oscuridad engañosa
como se extiende la luz para alcanzar una estrella;
Respiro como leña seca en chispa sin encender.
Encadenado a mi propia prisión dorada
envuelto en mis propios hilos de seda,
mi profundo descanso gotea en razón salina;
aliento de muerte, como niebla se esparce.
La verdad espera más allá de mi canción de desesperación
la letra, mis labios helados no pueden acariciar,
las palabras trascienden la frontera del cuidado;
promesa de dolor resplandece en gracia llorosa.

Río Del Olvido

Ahora debo huir. La noche desinflada
flotando desnuda, sobre el río despiadado
sin conclusión,
el grito de la soledad helada
se deshace con presteza
de la bodega de la tranquilidad;
un bote dañado, antes hinchable,
y un saco de dormir abandonado,
se acunan en la playa
como secretos a voces, esquivos.
A partir de aquí.
El río sagrado, una ruta hacia la esperanza,
duerme ahora sin ser perturbado por la lucha,
un peligroso viaje hacia una vida mejor
continúa su viaje perdido hacia el olvido.

Los operarios del servicio de rescate
han localizado un sueño púrpura a flote,
un racimo de angustia hinchada

ahogados a mitad del río, en un frío glacial
ahora a la deriva como momentos nacidos muertos.
Un niño resbalando de un cariñoso agarre
en el regazo profundo del peligro tranquilo,
lanza su maldición sobre mi niño,
cayendo lentamente al sueño;
la cuna vacía se mece en la incertidumbre.
Angustia sobrecargada de refugiados
comercié, en frágiles barcas apenas a flote
acunados por las olas caprichosas;
explotando sus crisis desesperadas,
mi vida en tierra florece.

Pero ahora debo huir,
el grito de pánico de un niño
aúlla en la oscuridad...

Stray Dios

Ozymandias se levantó de sus ruinas;
su tronco hueco se asentó sobre sus miembros pétreos,
recuperó su mandíbula cruel, su ceño despótico
del vasto desierto de la historia arenosa.
Desenterró su corona hundida,
entronizó su imperiosa gloria;
la fe se deslizó del cielo infernal
cuando el miedo desesperado levantó el vuelo.
Arrojando a mis hijos por encima de la valla
a los brazos de algún Dios desconocido,
huí de la esperanza, como la vida huye del ruido sordo.
Una fuerte patada en mi vientre portante
rompió la paciencia palpitante,
como la violencia repentina revienta la inocencia;

coágulos respiratorios del mañana abortado
enjuagados con el embrión ensangrentado.
La verdad destrozada del imperio perdido
fluye y gotea por los muslos

del conmocionado valle del desastre;
salmos de plegarias desalmadas, en voz alta,
enarbolan terco terror, -orgulloso,
gélidas de pétreas miradas estancan la nube.
Los dedos aferrados de la desesperación desnuda
cuelgan de los acantilados del rocoso invierno.
Almas embalsamadas y mentes insípidas
andan a tientas juntas como el búho y la noche
cuando los cadáveres que han de identificar
no pueden mirarse a los ojos,

los cadáveres mutilados y putrefactos
de sus propios hijos, miran fríos
como el gesto podrido de un lago rancio
mirando al cielo con una mirada distante, vieja.
Las piernas pataleantes caen cortadas
de las ramas desnudas, crudas
como leña seca.
Los vientres reventados brotan como tubérculos
latentes y cálidos bajo el invierno.
Dioses extraviados brotan suavemente
a través de fes agrietadas,

los miembros pétreos multiplican los restos
históricos.

Por Favor No Te Mueras Ahora

No te escapes al vacío
de mi cariñoso agarre
nuestra primera mirada te mantiene caliente
hasta que la noche cruce
el río de la oscuridad; por favor, quédate.
No cierres los ojos ahora
deja que la noche helada
se deshaga del agarre del invierno
mírame fijamente a los ojos,
el frío se hundirá para siempre.
Deja que nuestros últimos alientos susurren
por unos instantes más,

mantente a flote hasta el amanecer,
nuestros ojos mantengan el calor hasta la mañana.
Por favor, no mueras ahora.

Línea De Control

En sus ojos, vi
desesperación, cruda
como fuego congelado;
la mirada de un pájaro disecado ante la vida.
Los rizos trazan
el contorno de su bufanda
como volutas de humo
con vistas a una ciudad;
entre bosques helados,
varados
con cientos de refugiados,
sus ojos llevan las ruinas
de su país, dejado atrás,
como el zumo amargo aromatiza
la corteza de la naranja.

Una repentina lluvia de piedras
perturbó la frontera;
cargando obedientemente

cañones de agua, gases lacrimógenos,
mis ojos llorosos
buscaban...
esos misteriosos ojos suyos.
La visión persigue sus miradas distantes,
desvaneciéndose lejos.
Deseo, más allá del conflicto,
que ella alcance la libertad;
mi esperanza aún la atrapa
en mi fascinación
como el crepúsculo retiene la iluminación.

Amor Ciego

Sentado a barlovento
en mi litera de enfrente
con la música en la oreja
miraba a lo lejos
como si no hubiera nada
que valga la pena ver cerca.
El tiempo rebotaba
sobre los instantes volteados,
el tren rebanaba el aire.
Sus ojos color cobre
engarzados bajo las espesas pestañas
intensificaban mi respiración.
Deseé
que pudiera verme la cara

dentro de mi burka y encaje
pesaban mi dignidad
y gracia.
Llegó su estación.

Una niña le guió a la salida.

Tropezó una vez

en mi enorme equipaje

cerca del pasaje;

pero se las arregló, como la noche sin vista

aborda su camino a través de la oscuridad;

las estrellas siguen ardiendo

hasta el olvido.

Un Camino

Luces traseras revueltas
de los coches delanteros
en mi parabrisas lluvioso
me traen lágrimas susurrantes
la brisa de viejas melodías
que suenan en la radio FM
acarician tu cálida ausencia.
Tragando el sueño hinchado
con un poco de agua de soda
agarro con fuerza la oscuridad
dirigiendo a través de la verdad medida.
Sueños efervescentes
a través de mi aliento empañado
tu vacío mohín sopla burbujas.

El tráfico borroso confunde los limpiaparabrisas,
la autopista se burla de mi destino;
haciendo una pausa para el té limpio los retrovisores;
el humo rizado de mi cigarrillo

se enreda con el invierno colgante.
La somnolencia salpica agua en mis ojos,
florece el aroma de la multitud lejana.
Tazas de tierra vacías
arrojadas descuidadamente después del té
rompen las identidades eminentes
en fragmentos de indiferencia.
La autopista lame nuestra distancia sangrante,
el cinturón de seguridad asegura el vacío
sentado a mi lado en prominencia.

Una Temporada De Cosecha

Es la estación de la cosecha en el paraíso:
una luz no identificada
yace muerta en el cielo
un poco fuera de la vista.
Sus brazos, como fi sombras de tiernas ramas
desaparecen suavemente dentro de su larga mortaja,
una bolsa blanca llena de nubes maduras
y estrellas de la cosecha,
yacen esparcidas a su alrededor, consternadas.
El sabio búho de la noche pensativa
justifica el asesinato de la luz
con devastaciones planificadas,
enmarca sus rayos dudosos
en algún suicida ultraje infernal.

La luz no se había visto
durante los últimos días,
tal vez debido a una repentina depresión
a lo largo de la cerca del cielo.

Iba como un obrero de la suavidad

recogiendo y arrancando futuro

llenando su bolsa blanca

de hambre inocente;

los dioses vigilantes lo mataron a tiros.

Encerrado el sol

en el campamento destartalado de la divinidad desnuda,

más luces migrantes esperan

la identidad del refugiado o del asilado.

Cansado del retraso

la caravana de hoyos sin certificar

se acerca día a día

hacia la frontera de Utopía.

Las nuevas normas entierran a los pájaros sin alas muertos

en cementerios lejanos,

allí se les niega la extremaunción.

Ropas de hambre sin identificar

visten más desastre.

Bella Durmiente

No dejes que el sueño se deslice suavemente

de la húmeda garra de tu fe,

no dejes que los momentos mágicos se evadan

hasta que se desvanezcan tus cuentos de hadas largamente olvidados.

No cargues tu sueño con estrellas,

el amor no puede sostener la memoria tan bien

tan amorosamente como el dolor puede cuidar;

el momento agudo raja el tiempo como una bufanda el aire.

Abrázame mientras esté aquí

el hechizo mágico termina en un momento, demasiado querido;

nuestros caminos de rocío se separan, como la vida tiene que alimentar la lágrima,

bésame como fi nunca nos encontraremos, más allá.

Como dioses desterrados volvemos corriendo a la realidad

en harapos, fuera del hechizo roto de la magia,

ámame como soy sin mi velo místico

o deja que mi muerte respire para siempre como la Bella Durmiente.

Antigua Taberna

Los labios mohínos de la indiferencia
sorben lentamente el caldo
de palabras continentales, gritos aplastados
viejas especias, digno distanciamiento,
recién guisado en humeantes incidentes;
sabor ahumado de intolerancia,
una pizca de citas secas y conservadas,
tristeza abstracta elaborada como vino,
colada por el tamiz divino,
la saliva lame el aroma de la historia.
Todo derramamiento de sangre engendra dioses violentos,
la angustia se hace adicta a la profecía.
La vieja melodía tradicional se arrastra
por la cuerda vocal

de cultura, herencia y devoción
como el giro medido
de una planta de dinero de ventana
arrastrándose por una cuerda guía;

la luz de neón da forma a la noche lloviznante,
la calle vacía camina desnuda como la verdad,
el sueño asesinado sangra hasta el amanecer.
Los cadáveres posan para tomas cinematográficas,
películas premiadas retratan la vida -
pragmática, realista, artística como la muerte.
El lápiz de ojos se emborrona de emoción,
monotonía untada en labios maltratados
sonrisas en tonos cansados de pasión;
Las ruedas aceleradas chirrían hasta detenerse
en el pecho de la depresión

sobre el sendero dormido, o sobre las rocas que sobresalen en onduladas demandas. Likes, comentarios, innumerables comparticiones, vídeos que se hacen virales flotan en la red como espermatozoides sin rumbo enloquecidos. Capas de deliciosos secretos a voces coronan el pastel de la verdad enterrada, cuadrado.

La Maldición

La maldición se alimenta del cariño del amor
como una llama mordisquea la sedosa oscuridad
hasta que el alba camina desnuda, para domar
las sombras de la vergüenza terrenal
por el sendero de la dignidad nocturna;
el amor maldito tiende a tocar el infinito.
El amor sufre en el vacío de la separación
atrapado en la sabia red de la salvación,
el espejo artesanal me mira, descarnado,
anhelando la verdad sin arte alguno,
la belleza simplemente me maldice para confesar
tu amor verdadero, sin edad, sin tiempo.

La maldición como pilares tallados, viejos arcos
intrincados, enigmáticos, patéticamente fríos se elevan
para sostener la pureza del amor divino trascendiendo
la entidad; los deseos se convierten en luciérnagas
para brillar, el dolor llameante enciende la pena
profunda.

Lloras mi lágrima, lloran mis sentidos, sangro en tu
magulladura, las heridas pacifican. Hoy se acaba el

tiempo en los pies sucios, los mañanas proceden,
nunca se encuentran; la maldición cierra los ojos

cuando el espejo se duerme.

Pórtate Bien

Pensamientos saltarines brincan
como un niño que hace novillos, saltando
y salpicando la monotonía
del aburrido charco de la rutina;
los zapatos sucios, los calcetines, el vestido del colegio,
la infancia mágica de la torpeza,
se lavan, almidonan y planchan.
Pliegues perfectos de maneras frías
sostienen una suave anatomía;
las controversias provocan prohibiciones,
la verdad inhalada se vuelve nociva para la salud,
la justicia arde como un largo cigarrillo,
el cenicero mantiene la paciencia,
el ADN protege las pruebas inútiles.

La obediencia sumisa envejece
corriendo suavemente como un viejo río
direcciones inundadas flotan después del desastre
como cajas de cartón vacías

cuencas huecas de ojos secos
captan en directo vídeos de abusos
como un auténtico espectador decente.
La libertad de expresión se pudre
en el rancio reflejo del cielo
pudriéndose encerrada en cunetas habituales,
lúgubre como la mirada vacía
de un pez atrapado esperando la muerte.
Las gotas de lluvia cargan el cielo
como las lágrimas embalsaman un llanto.

Ruedas en marcha salpican la dignidad
del charco muerto de la certeza
sobre el rígido uniforme de la conciencia.
El miedo asegurado se asienta poco a poco
bajo la culpa agitada;
los sueños se manchan de terquedad,
las medicinas caducadas compran tiempo insípido.

Híbrido

No hay nada brutal en ti
mi querido enemigo,
sólo un corazón entrenado juega su equilibrio
sobre tu rígido semblante,
un híbrido de rudeza entrenada e ignorancia.
Me hieres y me matas por violencia
por razones irrazonables
domando tu vergüenza en cadena religiosa,
pierdes el aroma de las estaciones de cosecha;
pero Dios sigue naciendo en oscuras prisiones.
Tu vigilia cavernosa
ha apuntado a los sueños inocentes
con el gatillo del insomnio.

Parece que sigues teniendo miedo a la oscuridad;
tu miedo entrenado tiene miedo de gritar.
Mi vientre roto entrega nueva luz,
la pateaste de placer, una noche sangrienta.
Cuando el cielo de lona cae

pegajoso, aceitoso con humos de devastación;
te deslizas a tu tumba que respira.
La rancia distancia de la muerte que desfila
se instala en las páginas de los periódicos
que se agitan sueltas en el aliento histórico;
el té de la mañana humea caliente en la ciudad,
el llanto de un niño ahoga las noticias de atrocidad.

Gritos exultantes de niños juguetones entrenan la simplicidad terrenal de la vida. La brutalidad y la depravación entrenadas, como un globo de hidrógeno perdido, flotan orgullosas contra la gravedad.

La Luz Sobrevive Al Fuego

La paciencia soporta el fuego de la violencia,
El trueno raja la oscuridad en destellos brillantes.
Pero tiene su brevedad de significado,
Las chispas diminutas no pueden encender la luz melosa.
Las alas del vuelo chamuscan en gloria fatua,
Mañanas encendidas chisporrotean como brasas;
Fatigados humos de orgullo llueven ordinarios,
La tolerancia dejada en ceniza de plata arde.
Sueños ahogados murmuran en hojas secas,
Cadáveres preñados engendran paz sangrienta.
La vida elaborada se cuela por tamices oxidados,
El terror inundado se estanca y se congela.
La lengua del trueno tartamudea de ira, Lavada en una lluvia, la luz sobrevive al fuego.

Simplemente Profundo

Tu esencia brumosa

flota atrapada en endebles burbujas a través de mi descorchada presencia. Tu sonrisa ordinaria

como destellos florecientes capto, tus maneras sencillas me maravillan; mi prudencia de todo el día se rinde como sales de angustia

que se disuelven y perecen

en la dulce llanura del agua.

Mis numerosas noches espléndidas se deshilachan en la profundidad de tu día común; pequeños momentos de desesperación chispean adornando la enigmática oscuridad, las llamas de la eternidad se tragan y queman el tiempo.

Miedo Mortal

Tu pánico a perecer alimenta el fuego
de tu miedo infinito
mientras dudas de tu propia sombra
y en el fondo de tu corazón sabes
con el paso de la luz
las sombras se encogen y expiran
en el calor de tu deleite despótico
la sal llora en tu lágrima seca sin llorar.
Tu búsqueda de una razón vacía
para entrenar la devoción en una prisión fanática,
para grabar tu nombre atroz
en la cúpula azul del cielo
se derrumbará como un castillo de arena
de vergüenza

a los pies juguetones
de los huérfanos hijos de mis sueños.
La espada desnuda del valor yace dentro
la vaina enjoyada de tu espanto;

mide tu aliento hueco, apretado,

a tientas fuera de tu fría vista vacía.

Tu entrenado corazón robótico, bombea bolo alimenticio

oxidándose y descomponiéndose sin estrépito

temporada tras temporada

guardando una violenta prisión religiosa.

Los hijos de mis sueños rompen con pasión

las puertas ortodoxas de tu devoción.

Saqueando el paraíso de aquí

por un cielo fantasioso rezáis;

la muerte os concede un futuro prehistórico.

Tus disciplinados cánticos religiosos

lloran, como infantes hambrientos,

de consternación.

Los niños de mis sueños juegan sin miedo; pero tu oración desoída

fluye en tu sangre fría y desalmada, como fragmentos afilados de un espejo roto, reflejándote como un cadáver disecado. Algún día encontrarás algún motivo para derramar tu lágrima tanto tiempo helada ante la muerte viva de tus hijos.

Heridas Florecientes

¿Te desconcierta ver
¡mis heridas florecer!
Mira cómo las profundas llagas de la adversidad
envueltas en amor, han empezado a sanar,
y el orgullo goteante de la muerte, ¡sella!
Mira la sangre desesperada
que había brotado una vez como inundación,
ahogando ahora el canal de nacimiento del sol
con fajos de terrones de pólvora;
del cielo vuelven las plegarias desoídas.
Apoyados el uno en el hombro del otro
el éxito y el fracaso comparten un puro encendido
entre sus dedos confiados.

Avanzando penosamente entre los restos de la guerra
tropiezan con los escombros del poder.

Fatigadas tumbas sofocan suavemente la tráquea de la violencia y el terror. La paciencia ardiente y humeante, violada, da a luz otro sol desnudo. El aliento se encuentra con la vida en un giro repentino.

Inscripción A Una Odisea

Se prepararon para dejarme
a una paz reposada.
De mis sueños ahogados recuperé
el silencioso goteo del agua
suena como el desgarro de una flor
mi sueño repentino centellea
con mil centellas
cayendo suelto del cielo,
el aliento persiguiendo un hecho a lo largo de la vida
que para siempre sigue siendo una bella mentira.
Su ritmo de llevar mi alma
se mece en la oscuridad de la luna
como hojas de plátano
arrullando una noche mortecina, descarnada.

El bosque helado se yergue confuso
entre los refugiados varados;
la esperanza levita como plumas
desprendidas de las alas que se elevan,

el deseo cae blando, aislado del vuelo
a través de la frontera boscosa.
Debo permanecer aquí,
mi esqueleto cada vez más pesado
bajo el silencio decadente.
Oigo el chapoteo de la sangre
un sonido mudo de ondas que retroceden
tocando las laderas desiertas de la vida.
El misterio descansa en paz
vendiéndolo todo, usando todos los ahorros;
el río helado, llevando estrellas, murmura,
nadando la libertad se ahoga a mitad del río.

'.... La muerte .... no es el final
Dios tiene un lugar mejor para él'
susurra el himno helado;
antorchas móviles guían palas de tierra,
una ceremonia para cubrir el sueño
retransmitida por videoconferencia,
pero los sueños no pueden enterrarse profundamente.
Las tumbas se respetan y se marcan
para ser reconocidas en lo sucesivo,
el camino al cielo, flota con honor.

La Margen

El silencio dorado, del maizal,
húmedo en el rocío de la madrugada,
apuntala el margen de la bahía;
en el aleteo de la brisa, - alegre,
las puntas se agitan en un escudo verde dorado,
floreciendo el primer matiz amoroso de la vida.
El suave susurro de la mañana
madura gradualmente en un murmullo;
las relucientes ondas del viejo río
carga el brillo de la brisa,
mientras sus vapores suspirantes flotan y perecen
lejos en la impotente angustia nublada.
El suave y arrugado amanecer del campo de maíz
madura en una mañana rígida y planchada,

un torpe y romántico crepúsculo
se enreda en su endeble cáscara;
su dorada cosecha va por una masa
horneada y consumida para la marcha.

La noche antigua cuenta a las estrellas
los cuentos del éxito titilante
evitando el delicado pesar
de no haber besado el verde secreto
de la aromática espesura del bosque
cuando el crepúsculo aún era escarlata.
Las prístinas ondas fluyen implacables,
llevando las chispas momentáneas del día
en un evanescente resplandor dorado;
el oro verde de los bosques primitivos,
las evidentes mortajas invernales
con su nieve omnipresente.

El Último Aliento

Tras la prolongada vida
a través de desesperanzadas seguridades medicinales
el silencio azul se arrastra frío
a través de la red de venas
hasta que el último aliento florece inadvertido.
Divinos himnos cantan la paz,
copos blancos de dicha celestial
se vuelven grises, en su camino
a través de capas de rendición sin fe
ajustando viejas cuentas con Dios avergonzado.

Ahora el último aliento exhala una plegaria,-
como una llama apagada - humeante, llorosa,
que puede ser atravesada,
pero nunca se puede sostener
a pesar de mil apretones de desesperación.
La estrella de la mañana en la línea del labio superior
del mañana sin edad brillará
como una mancha de belleza, - acariciada

y besado por la perezosa aurora

hasta que el árbol de la lluvia dorada declare la mañana.

Disabled

La guerra aparece ciega como Homero;
las líneas de control brillan
como Helena
permanecer vivo aquí es la fantasía golpeada.
Cada momento de sufrimiento,
se tambalea centímetro a centímetro, arrastrándose.
La respiración muda frente a la manta disparando
alimentar la llama impotente de llanto humano.
Elegir entre ración y munición,
Sostener la vida es sólo una intuición.
Paquetes de comida o balas
una ardiente ironía seleccionar.
El triunfo en la guerra ondea
en el viento batido Bandera Nacional

Victorias y derrotas, la historia descubre
en el silencio verde de las tumbas, mucho tiempo después.
Consumiendo fragmentos de arroyos

trozos de prados torpes y sueños,

algunos trozos de valles y hondonadas

sigue algún asentamiento fronterizo,

volando antiguas ciudades,

demoliendo reliquias y monumentos, coronas de guerra

victoria enarbolando fama y sacrificio

el patriotismo hierve en más especias.

Mi repentina vuelta a casa

con las piernas amputadas

mi vida esguinzada vaciló

en el repentino cambio

dando vueltas en mi horrible existencia.

Los miembros ausentes palpitaban

palpitando y aleteando, sollozaban indefensos en los extremos cercenados.

Qué dichoso y sencillo

es poder

caminar sin estar incapacitado.

En el cambio repentino

mi vida se convirtió en un aprieto.

Me extendí como un oscuro rayo de luz

a través del corredor de la huida del tiempo
a través del vacío de estar vivo...

Sobre El Poeta

Kakoli Ghosh

Kakoli Ghosh, alias Gotas de Luna, inició el viaje de su vida desde la ciudad industrial de Durgapur, en Bengala Occidental (India). A lo largo de los años, ha hecho innumerables paradas en diversas geografías, ya sea la suavidad de las llanuras del Ganges, la sabulosa naturaleza salvaje de la tierra de los Maharajas, una ciudad soñolienta junto a las sabanas de un valle del Himalaya o la tierra de los zulúes. Los lugares, la gente y su cultura la enriquecieron de forma imperceptible pero segura.

Como la niña de ojos muy abiertos que una vez corrió por el arrozal para ver pasar el tren silbando, sigue asombrada al ver el maravilloso mundo, la belleza de su naturaleza y la humanidad en sus abigarradas tonalidades, a través de su asombrada visión, y lo representa a través de sus poemas, historias y pinturas.

Y sí, la música conmovedora ha sido su compañera de toda la vida y el desahogo de sus emociones.

En cuanto a su obra creativa, ha sido publicada en varias antologías nacionales e internacionales: Paradise on Earth: Vols. 1 & II (editado por Stefan Bohdan, EE.UU.), Ferring Love (editado por Nupur Basu, India), Glomag (editado por Glory Sasikala, India), Poems for Haiti (editado por el Dr. Amitabh Mitra, Sudáfrica). Sus poemas sobre el tema New Norm han sido publicados por Excellor Books, en asociación con Oxford Book Store, India y Poetry Paradigm. Poemas sobre el tema Adversidad han sido publicados en Poet Magazine, Reino Unido.

Su poemario titulado "Unfinished" se publicó en 2010 en Durban, Sudáfrica.

Postgraduada en Literatura Inglesa, Kakoli es igualmente aficionada a la literatura vernácula. Muchos de sus poemas en bengalí se han publicado en Internet y en revistas locales.

Por último, le encanta pintar. Sus cuadros se han exhibido en galerías y exposiciones, y también se han utilizado en la portada de Paraíso en la Tierra y de este libro.

RSVP: - -
FB: https://www.facebook.com/moon.drops.773
INSTA: moondrops_2020
BLOG: http://moondrops.art.blog/home/
MAIL: kakolimajumdarghosh@gmail.com

www.ingramcontent.com/pod-product-compliance
Lightning Source LLC
LaVergne TN
LVHW041549070526
838199LV00046B/1881